放閃這條路 ✦ 不能沒有你

螺絲一隻筆的戀愛日常

U0001974

圖文・插畫界肉麻暖男

ROSE✕螺絲一隻筆

　　還記得一開始，只是分享一些自己無聊畫的插圖，然後變成關於愛的心情插圖，一開始的畫風一直穩定不下來呀！最後才變成現在這樣。

　　其實一開始也沒想太多，就是畫情侶生活之間會發生的事情，每一天都在分享，也漸漸的越來越多人看見後分享，過程中當然會遇到挫折不知道要畫什麼？會跟腦婆討論？怎麼才會有人分享？怎麼才會吸引大家？找尋大家之間共鳴？等等⋯⋯後來才覺得，其實只要讓自己畫的開心，不用想太多，堅持的畫下去就好，想的太多只會讓自己更煩躁更討厭畫畫，最終只有選擇放棄，總之不管做什麼（前提是正當的事情 (-.-")），自己開心才是最重要的！

有點怕說太多！關於愛情這件事，螺絲簡單的說：
不要羨慕別人所擁有的，珍惜你所擁有的。
你們的相遇不容易，但珍惜彼此很簡單。
2017 年希望我們大家也能持續一起無限放閃♥

目錄 Contents

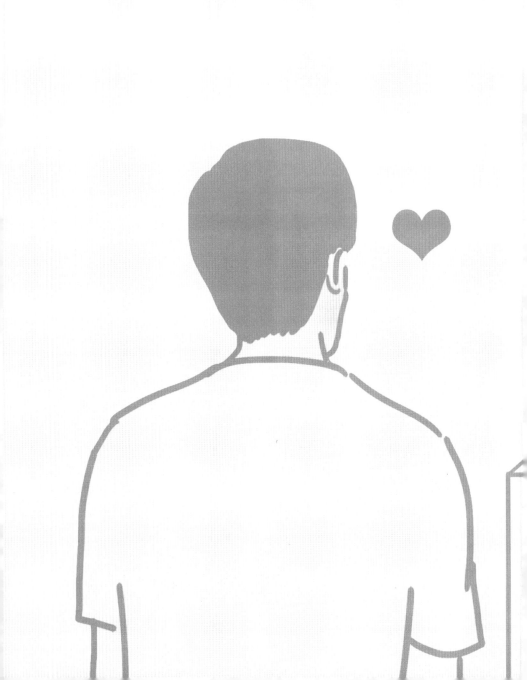

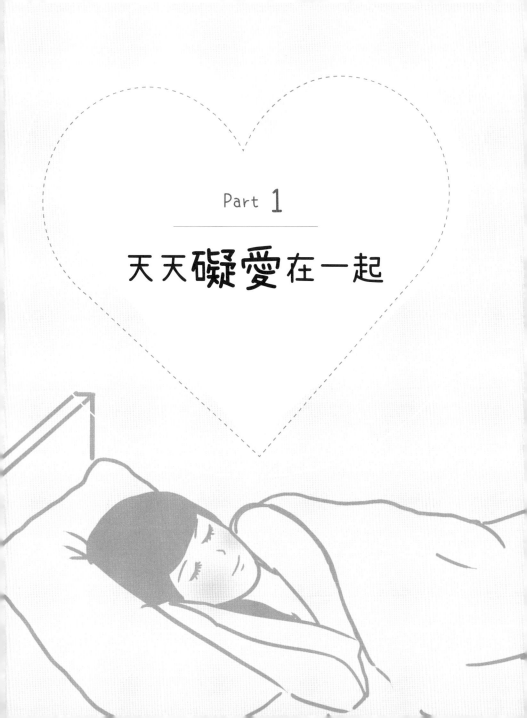

Part 1

天天**礙愛**在一起

一個人的愛

熱戀糾纏的愛

今晚不想愛

得不到的愛

讓人窒息的愛

三角戀愛

今晚你想怎麼愛？

以為她是這樣睡

實際上她是這樣睡

噗！

怎樣都是我的睡美人。

哈～～我先睡了喔!

啾!

不行你會打鼾!
要等我先睡唷!♥

每天熬夜的原因……

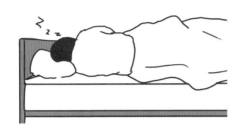

腦婆妳就是我每一天的動力！

叫醒我的不是鬧鐘也不是夢想，
是妳。

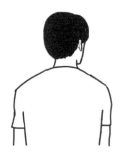

看什麼？！
不能抓屁股又放屁喔？

能看到我的女神的另一面，
真是太幸福了呀～～～～～ ♥

這只有在一起後才看得到♥

寶貝換妳洗了！

你才洗不到 5 分鐘吧……

很久很久以後……

!!!

!!!

!!!

寶貝妳還活著嗎？！
妳還在嗎？
講話啊？？！！！

浴室裡絕對有平行時空！

剛在一起同居

好乾淨舒服喔！

同居幾個月後

吃完要收喔！

回不去了……

腦公，幫找拿手機～

吼很煩耶！每次東西都不自己拿，就要找幫妳拿，明明就沒什麼事，以後妳自己去拿，知道了沒？

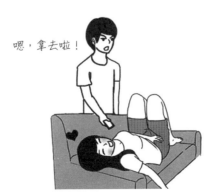

嗯，拿去啦！

嘴巴唸歸唸。

接收

腦公手機拿給找～

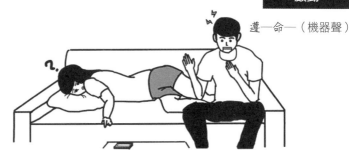

啟動

遵—命—（機器聲）

行動

巜ㄟ—尼—（機器聲）

哈哈哈哈哈哈！

妳家裡有一台♥

討愛

腦公，你在幹嘛？
腦公，你愛不愛我？

清貓沙啊！
愛喔！

腦公，你在幹嘛？
腦公，你愛不愛我？

清貓沙啊！
愛喔！

腦公你～

愛妳！愛妳！愛妳！
磅賽啦！

不管你在哪裡。

今天你出門不在，
好沒安全感啊！

蛤 ♥

來！抱抱～～～

我是說手機！

真的很沒安全感。

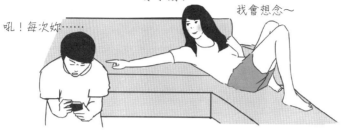

寶貝幫我去房間
拿手機！

快一點，不准消失太久！
我會想念～

吼！每次妳……

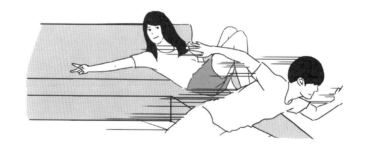

哈你最好了～

哪有 ♥

妳真的很想我……跟手機。

腦公你在哪裡？
好想好想你耶 ♥

馬上到 ♥

對了！！
過來順便買消夜唷！

好…好喔！

妳心裡真正想的一定是消夜！

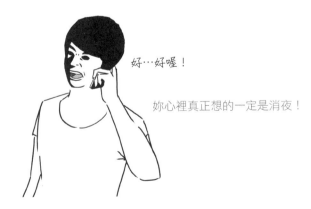

呼叫消夜。

好啦！你洗碗我去洗衣股。

好乖 ❤

衣股怎麼那麼多啦～～～

平常不是嫌衣股很少，
知道很多了吼？！

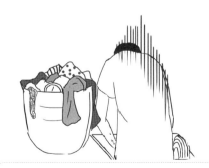

謝謝你提醒我，
太少了給你洗 ❤

 昨天洗碗今天洗衣服。

21

專屬於妳

專屬司機

專屬看護

專屬美髮

專屬攝影

專屬行動置物

專屬廚餘

妳專屬的 ♥

這是載妳的時候

到家打給我，
要小心慢慢騎唷！

會啦！

這是不用載妳的時候

轉身過後……

好了喔！

1～

2～

我按到錄影了！！

《一ㄥ超久～

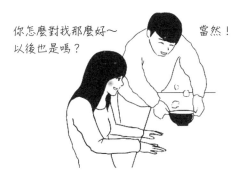

你怎麼對我那麼好～
以後也是嗎？

當然！

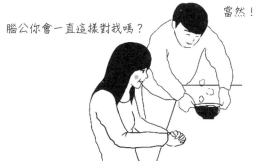

腦公你會一直這樣對我嗎？

當然！

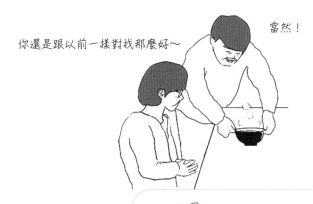

你還是跟以前一樣對我那麼好～

當然！

到老都要一樣唷♥

心事

寶貝怎麼了？

沒事⋯⋯

說好有什麼事
都要一起分擔的啊！

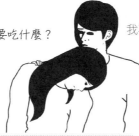

在想要吃什麼？

我不應該問的。

每年每天我們持續
存在的問題⋯⋯

你心情不好、遇到困難，
也要跟我一起分擔喔。

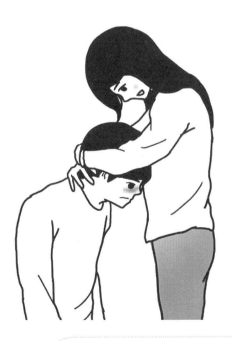

還好有妳♥

♂：啊啊～～～噴血了啦！！！

寶貝我沒事～～

♀：北鼻我流血了～～～

笨蛋！怎麼那麼不小心！
要趕快擦藥才行！！！

你最珍貴♥

在外的時候

腦公大人好帥～

嗯～

在家的時候

腦婆大人好美～

嗯～

在外小鳥依人，在家腦婆大人。

天氣很冷出門要多保暖！
我有幫妳買暖暖包，
小心不要感冒了，
穿多一點！

rosa 　把我的體溫傳給妳。

腦公手好冰～

一隻手放我口袋呀～ ♥ 不要！

我要放在這裡！！！！

啊～～～～

讓愛回溫。

冬天好浪漫

好冷唷～
我還是最愛冬天～

因為可以
遮住妳肥的部位。

......

腦公抱抱取暖！！！！

嗚～～

愛上冬天的理由。

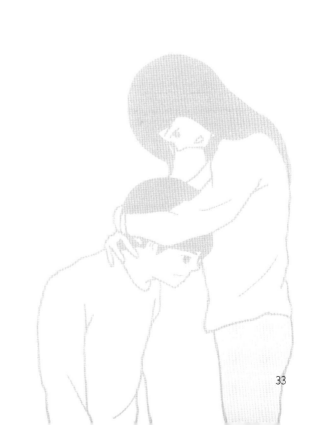

Part 2

愛的時間表

吃什麼？

第 1 次約會

妳…妳想吃什麼？

第 10 次約會

嗯～

寶貝走～吃火鍋。

ㄟ！咩呷蝦咪啦？

第 100 次約會

啊就跟你說
隨便都可以咩！

愈來愈親密的溝通方式。

第 1 次約會的形象

嗨～

第 389 次約會沒形象

厚厚～寶貝摳腳趾！拍下來！！　　　　　麥吵啦！！！

能欣賞另一半在你面前不顧形象
也很幸福啦～

2-03 禮物 vs 錢

聖誕節禮物 ♥

不用一直買東西送我，
把錢存下來～

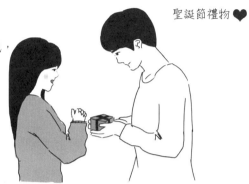

交往後

你的錢到底花去哪裡了…？

你變了！（金錢篇）

消失的讚美 2-04

交往前期

妳穿這樣好可愛！

哪…哪有啦！

交往中期

妳穿這樣好看，好可愛！

屁啦！哪有可愛！！
哩歐北共！♥

交往後期

ㄟ！今天怎沒說
我穿這樣好看？！

約會記得要說。

40km 曖昧期

60km 熱戀期

80km 危險期

騎慢一點啦！！

100km 爭執期

110km 分手騎

時速代表分手的速度。

交往前期

要看著妳進家門
才能安心 ♥

在前面而已吼～ ♥

交往後期

快進去喔！掰～

送妳到巷口。

2-07 坐摩托車①

交往前期

你真的不會冷嗎？

不會♥

交往中期

嗯嗯～

外套反穿好溫暖喔～

交往後期

很冷！穿厚一點啊！

你變了！（冬天騎車篇）

坐摩托車②

交往前期

交往中期

交往後期

ㄟ！我手勾不到了啦！

幸福肥。

坐摩托車③

捨不得送妳回家 ♥
慢慢騎車享受這幸福的時刻～

交往前期

交往後期

妳很快就到家了～

關於送妳回家。

男友司機

2-10

地圖：

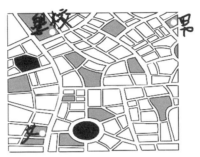

剛在一起的樣子

我自己去就好～
這樣你很不順路耶！

超順！❤

在一起之後的樣子

明天要載我去喔！❤

蛤？很遠耶！

順，不順？

2-11 放屁

曖昧期

妳怎麼了？（關心）

沒……
死都要憋住

熱戀期

討厭啦！

哈哈妳也太可愛了吧！

噗！

親密期

放屁是不會講喔！！

（猛搧）

親密到願意跟你分享了。

肚子痛

怎麼肚子痛？
那個來了嗎？
要不要喝燉雞湯？
先去躺著休息或是睡一下～
我會好好照顧妳的！

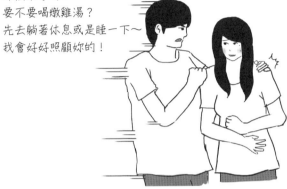

肚子痛！磅賽啊！

你變了！（月經篇）

47

以前的禮拜五

有好多地方可以帶妳去。

現在的禮拜五

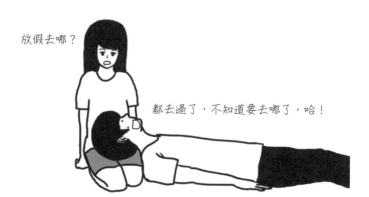

放假去哪？

都去過了，不知道要去哪了，哈！

將郎才盡！

軍人情

剛入伍

寶貝妳一定要等我退伍喔！

入伍中期

寶貝妳在幹嘛？

喂～妳在幹嘛？

妳在幹嘛？

準備退伍

我愛妳！！！

當另一半入伍時……

2-15 牽手

第一次牽她的手

我牽到她的手了！！
從她的手傳來的溫度
多麼幸福的感覺～～
我的人生已經沒有遺憾了～～～

牽了無數次後

怎樣？不用牽手？
牽膩了喔？

嗯！

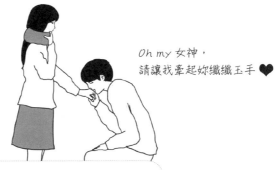

Oh my 女神，
請讓我牽起妳纖纖玉手 ♥

第一次牽手的感覺還在嗎？

做錯事

以前做錯事

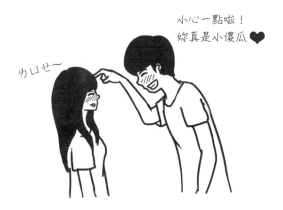

小心一點啦！
妳真是小傻瓜 ♥

ㄅㄨㄝ～

現在做錯事

吼～妳在幹嘛啦～
北七喔！

北七還是很可愛。

2-17 吃飯

交往前期

走囉！出門吃飯！

跟腦公去哪吃都好！

交往中期

走囉，出門吃飯。

要吃什麼？

交往後期

走囉！出門吃飯！

不要，腦公出去帶回來～

女友表示：腦公外面好冷～

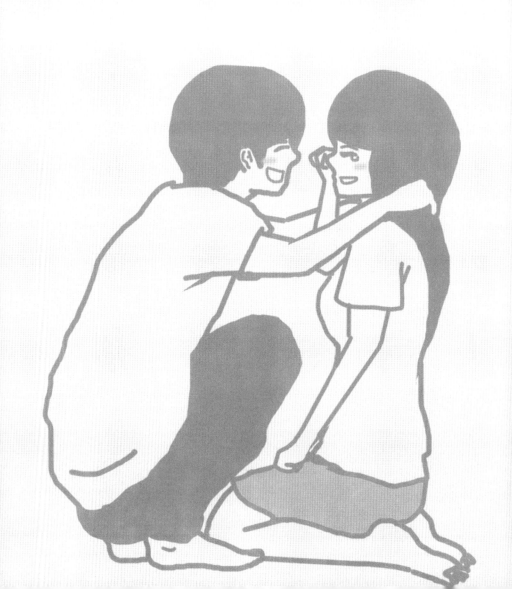

Part 3

就是**愛放閃**

妳怎麼那麼可愛～～！！

哈哈哈！！

你會不時注視著最愛的人，
然後讚美她。

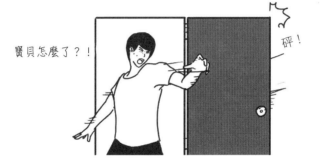

她雖然知道自己超堅強，
但還是喜歡你替她擔心的樣子。

3-03 逛街

逛那麼久很累了齁？
包包跟飲料找幫妳拿吧！

哈你最好啦！！

這樣貼心加分！

你今天是不是忘記一件事？

沒…沒有吧……　　　　　有！！你有！！！

嗯…

不要忘記了～

就是愛抱在一起

站著抱

背著抱

坐著抱

公主抱

背對背擁抱

無尾熊抱

你愛哪種抱？

腦公幫你拿水～

不要…

噗 ♥

可是身體怎麼？！
難道是因為…愛！

每天要逗她開心 ♥

唉～吃得嘴巴都是～

貼心的事做不完。

煩耶～
幹嘛從剛剛就一直看我！！

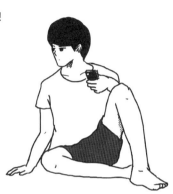

在保養我的眼睛～

有時候就喜歡靜靜的看著妳。

怎麼了？！

啊！心臟⋯
妳來聽看看⋯

為妳跳的聲音 ♥

妳來聽看看，是真的！

妳矮矮的～還是很可愛 ♥

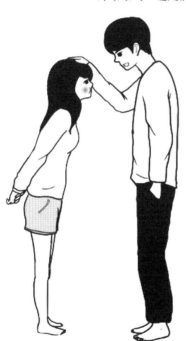

你是多高啊～

欠捏♥

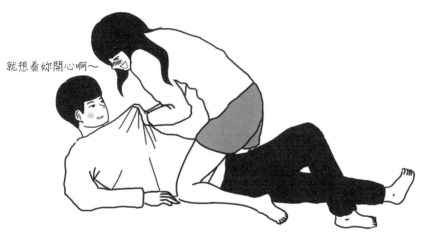

幹嘛對我那麼好啦！！

就想看妳開心啊～

其實愛妳就是很單純。

你乖啦～
我要求你的又不多；
騎車慢慢騎，注意安全；
不要生病感冒；
總之，就是要給我
平平安安健健康康的，
這樣才能一直對我好啊～！❤

你對她的好，她都看的到喔！

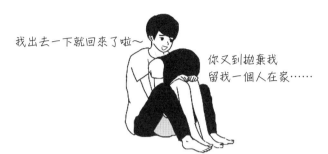

我出去一下就回來了啦～

你又到拋棄我
留我一個人在家……

我會買好吃的
回來給妳吃啦！

腦公路上小心唷！❤

家家有吃貨。

等你等好久喔！

這不是回來陪妳了嘛！

總是有人在等你。

還有我陪妳啦～

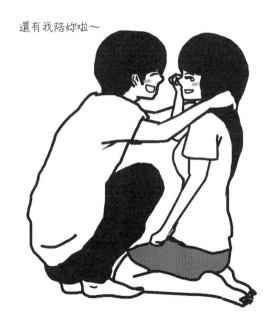

妳難過，也會陪著妳。

Part 4

打是情罵是愛

互不相讓

男生先道歉

冷戰的

女生先道歉

關門的

被揍的

互退一步才是正解啦!

我是不是你的女神？

妳當然是我的女神！♥

那今天假日也沒約我出巡？
還有大餐的貢品呢？

馬上去買！

請務必當個虔誠的信徒。

太黏了

別這樣我受夠了！
你真的很黏人⋯

嗯～

所以妳因為這樣真的要和我分開！！

就真的很熱很黏啊⋯

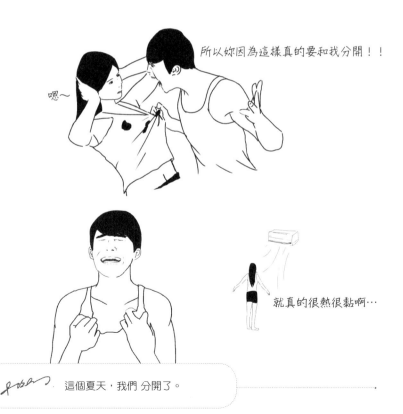

這個夏天，我們 分開了。

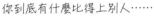
你到底有什麼比得上別人……

妳啊！

嗯？

什麼啦 ♥

嗚～

無人能比！

腦公～
如果你在外面
有女生勾引你
怎麼辦？

我都會覺得
是妳派來試探我的！

哈哈哈白癡！！

抱

都是來試探的！！

噔惹噔！

誰！

誰？是誰？誰啊？那誰?!

有沒有等一下下要等很久的。

二選一

好啊！遊戲跟我，你選哪個？

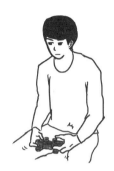

妳啊！♥

啪！（抱）

毫不猶豫的選擇！

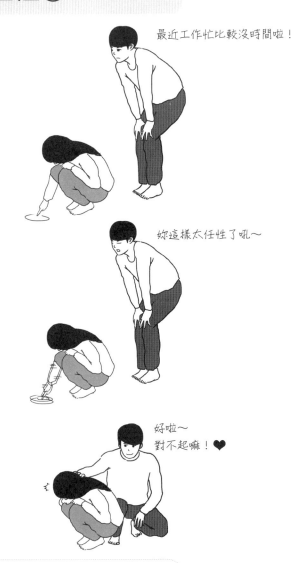

最近工作忙比較沒時間啦！

妳這樣太任性了吼～

好啦～
對不起嘛！❤

先道歉，只是想拉近彼此的距離。

不想跟你說話了…

對不起！

好啦～對不起啦～！
是我不對啦！🖤

女孩就是需要你哄呀～

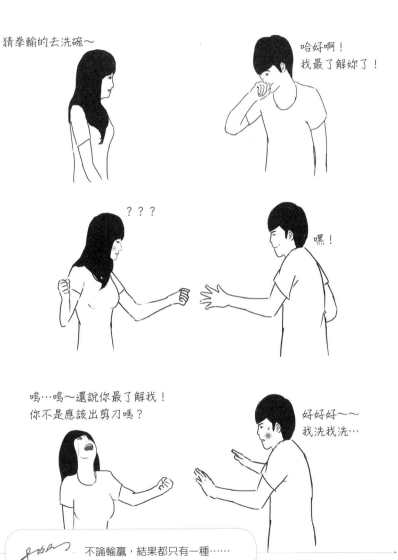

不論輸贏，結果都只有一種……

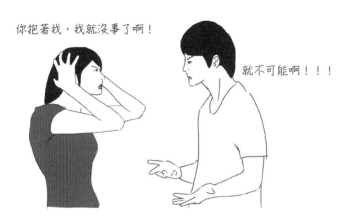

你抱著我，我就沒事了啊！

就不可能啊！！！

王八蛋！
別想靠近我也別想碰我！！！

嗚…痾…
我是說不可能
這樣就真的
沒事了啊……

不可能的任務 = =

へ！起床～

嗯…？

起床啦！

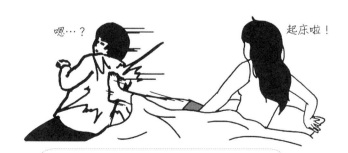

總是有一個會比較難叫。

沉迷

早上

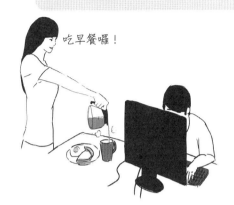

中午

晚上

提醒您別太沉迷。

Part 5

吃進嘴裡甜在心裡

要吃什麼？

北鼻今天要吃什麼？

吃什麼都可以啊！

壽喜燒　炒飯　牛排　麥當勞　隨便　不要
肉圓　　港式飲茶　日式燒烤　　　　隨便　隨便
披薩　　鹹酥雞　皮蛋瘦肉粥　不要　　　隨便
臭臭鍋　　　　　藥膳排骨　　　　隨便　　不要
煎餃　　擔仔麵　　　　蒸餃　　　　　　隨便
肯德基　　火鍋　鐵板燒　　隨便　　　隨便
炒麵　　快炒　魷魚焿　不要　不要
咖哩　韓式燒烤　拉麵　隨便　　　　不要
　　　水餃　義大利麵　不要

呷哇ㄟ膝蓋啦！！！

每天都要來一下。

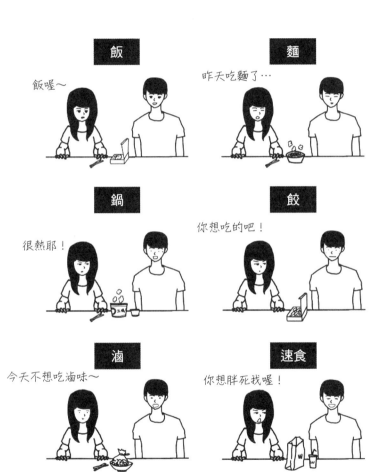

交往前

還剩一個妳吃 ♥

你吃！我飽了 ♥

交往後

ㄟ你吃4個了！

蛤？

你變了。（飲食篇）

啊！刺到手了！

小心點啦！

好痛喔…

來～
剝給妳吃！♥

以後就不用剝蝦的招。

5-05 不想吃的

不想吃了！
不好吃！

不好吃？
交給我！

因為好吃的
我都吃不到。

交給你了。

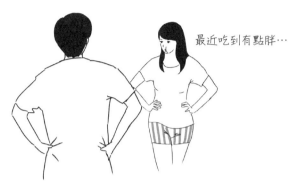

最近吃到有點胖…

怎麼可能不要啦！

我變胖
你會不會不要我了？

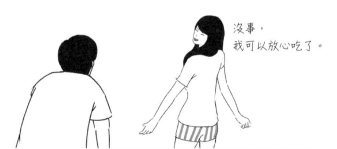

沒事，
我可以放心吃了。

問完就可以放心去吃了

吃不完～幫人家吃啦！

不要～
我肚子走鐘了～
不能再吃了～

這雞排外酥內嫩
咬一口汁都噴出來了！
超～～～～好吃的耶！！！

意志薄弱。

寶貝我要吃那個…
還有那個…

好啊～

想吃那個，
看起來好好吃！

好喔～

好飽！♥

妳都只吃一口吧？！

逛夜市，好吃的都要吃到吼！

我好餓喔～
你去買晚餐！

等一下！

看來我跟你
注定只有餓死的份了！

寶貝等我！很快就買回來了！！！

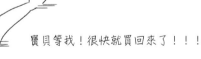

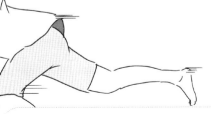

跟對人了。

腦公想吃消夜…
去買去買！

喔～為什麼是我去！

你真的希望
還有別人能幫我買嗎？

沒有別人，只有你了！

最後一口

寶貝最後一口我餵你，
啊～～～～

吃完了你收。

為什麼是我？！

對吼～對不起啦！！！

因為你最後吃完的呀～

可惡，中計了！

腦公我是不是變胖了？

妳很瘦啦！

幾個月後

是不是變胖了……

瘦的啊妳！

幾年後

什麼時候要減肥～

不會啊！
妳還那麼瘦！

對不起，我愛妳。

5-13 愛情與美食

曖昧期

我要吃蛋糕

熱戀期

我要喝果汁～
你會把我寵壞啦！！

無法控制期

還真的壞了⋯⋯

你也要負責。

幹嘛？！💙

腦公沒有腹肌
也沒有胸肌～

但我還是愛！💙

只是有鮪魚肚……

不管另一半變得怎麼樣。

鮪魚肚～

　　鮪魚肚～

鮪魚肚～

換我摸腦婆，
胸肌、腹肌、鮪魚肚 ♥

嗚！！！！

我沒有！！！！

不可以亂摸唷！

寶貝我決定要來減肥！！

嘟嘟嘟嘟～

怎麼可能？
快接電話啦！
哈哈哈哈～～

＼等下吃燒烤啦！

好啊！

哈哈哈哈哈哈
你看你！
哈哈哈哈哈～～

還敢說是我害的！！！！！

損友。

雖然很少買飲料，
但我還記得妳都喝少冰少糖。

你怎麼沒加珍珠啊啊啊啊！！！！！

你不知道這是少女的必需品嗎！

小姐這樣應該夠了。

嗯！

寶貝吃不下了～

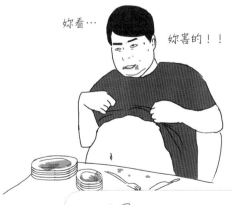

妳看…

妳害的！！

廚餘桶真人版。

5-19 開胃

寶貝找出去買東西吃，妳要不要？

不要！吃不下！

啊人家看到你吃就會想吃嘛～

有這種問題下次請改內用。

終結減肥

減肥開始

我一定會瘦下來的！

哇哇～買新裝備！
減肥大手筆唷！

減肥終止　幾週後……

胖子！減的肥咧？！

噗！！！

這種事等明天再說啦！

109

前期

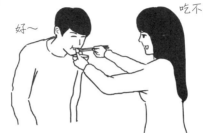

好～

吃不完，腦公吃！

中期

喔！

喝不完，腦公喝～

後期

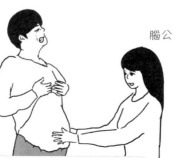

哇啊災！

腦公，我記得你以前好瘦耶！

 吃不完跟喝不完的。

交往前期

你好瘦喔～！

我以前就是吃不胖的體質。

交往中期

你變胖了？

我吃不胖耶！怎麼可能～

交往後期

胖子！

原來以前吃不胖，
是因為還沒跟妳在一起！

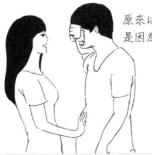

真的幸福肥。

Part 6

飛越表相的愛

寶貝這件好看嗎？

還好。

寶貝這件好看嗎？

好看～
超適合妳的！
快買！
太好看了吧～

為什麼你都不跟我逛街？

ㄟ妳衣服很多了為什麼還要一直買？

還不是因為跟你出門約會要打扮漂漂亮亮的，給你面子嗎？

買！

腦公拿好久手好痠喔…

手拿

肩提

側背

我幫妳拿包包～
然後妳拿這比較輕～我的手～

幫妳拿包包的他是哪一種呢？

寶貝，手好痠喔！
幫我拿～

很娘耶…

不會～
女生都會覺得
男生很貼心又很 MAN！

好啊！

MAN 嗎？

一秒變時尚。

鬍子

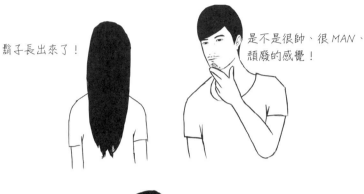

鬍子長出來了！

是不是很帥、很 MAN、頹廢的感覺！

嗯？！！

來親你一個～

刮掉以前，臉休想靠近我！！

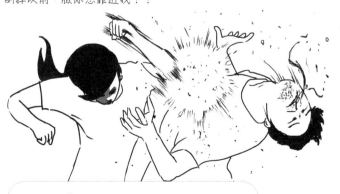

你鬍子很刺！

穿不夠

如果她說會冷……

那麼好每次都幫我吹頭髮～

嗯～

就愛妳呀！

就愛妳呀♥

幫妳穿上外套的

外面很冷
要穿厚一點！

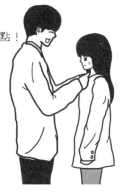

幫妳帶外套的

拿去啦！

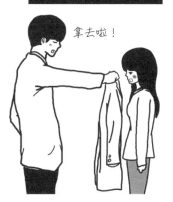

幫妳提醒要帶外套的

很冷！！
記得帶外套喔～

妳的他是哪一種呢？

交往前

不會啦！

等很久了吼！

交往後

嗯～

等我一下下～

在一起久了，會習慣她的全部。

一樣的幼稚

你很幼稚耶！

妳也一樣！

童心未泯。

勾著你

幫我拿！

為什麼？！
我已經拿三個很重了

可是我要勾著你！

所以？

所以我已經是拿最重的了。

拿你最重啦！

124

你看這個好可愛喔！

喔真的耶！

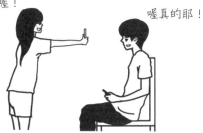

定格中

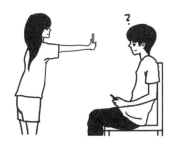

好啦好啦買啦 ♥

YES！

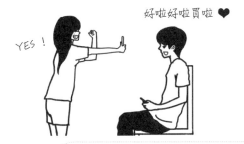

偶爾就是招架不住。

鞋子永遠少一雙

小兄弟這我看多了～

師父你看！

寶貝…

納命來，妖孽！！！

哈哈！
你這蜈蚣精～

你的鞋櫃讓我開始懷疑。

買給我啦～

腦公，拜託買給我！

求求你買給我買給我買給我～

好～妳…先起…來！！
（可惡！好可愛 ♥）

買給我啦！

會撒嬌的女人能讓自己感受到
無比幸福！

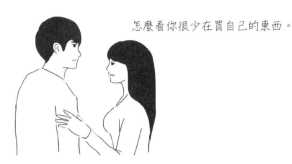

怎麼看你很少在買自己的東西。

我迷上美少女養成遊戲，
要買她的裝備帶她旅遊⋯
提升好感度要花些錢⋯

好宅⋯⋯

美少女是妳啊！♥

沉迷了♥

裙子的長短

現在

腦公，穿這樣可以嗎？

可以啊！很好看～

以前

寶貝，穿這樣可以嗎？

不行！
太短了啦！！！

自動變化視角。

腦公，要是我剪短頭髮你會怎樣？
會不會不愛我了～？

我還是會說：
「好漂亮！好可愛！」耶～

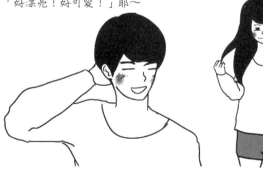

依舊不會變。

怎麼樣都愛。

你的錢是不是要拿來找管？

傻瓜！這樣妳生日…
怎麼偷買禮物給妳～

我知道了！
只要對找有利的特別節日，
我那個月會多給你零用錢！
傻瓜～

啊啊啊啊啊啊！！！！！

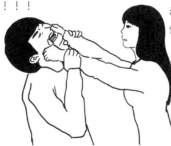

別想騙過腦婆大人。

Part 7

假日．出遊

交往前

盛裝打扮
提前 30 分鐘到
隆重登場！！！

Hi～

交往前

隨便穿穿
到壓底線
沉重登場！！！

I'm sorry…

你變了！（約會篇）

高中生時

大學生時

妳想去哪？ 隨便 ♥

我們去墾丁！ 好開心 ♥

從台北

出社會時

不知道要去哪？ 好懶～
在家裡就好了 ♥

年輕真好。

7-03 假日消磨時光

假日出門玩

假日一起宅

假日去放閃

假日看電影

假日不想動

假日腦婆不在

沒有妳就不知道要幹嘛。

啊！好無聊⋯
腦公今天假日耶！

還記得你以前追我，
假日都會帶我出去約會～
一起逛街！一起吃飯！
一起看電影！
還是你要再追我一次？

走吧！約會去～

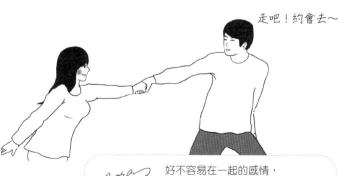

好不容易在一起的感情，
要好好珍惜唷！

♥ 7-05 開車出遊

出門

假日就是要帶妳出遊～

做功課

要幫你 google 地圖嗎？

我早做好出遊功課！

結束了一天行程～
（安全的送她回家 ♥）

安全送回家

假日出門走走吧！

腦公，再過幾天就情人節了耶！！
你要給我什麼大驚喜 ♥

提醒你了！
不要說你忘記囉～

居然用這招……

來提醒你了。

車準備了！

餐廳訂了！

禮物買了！

她有局了……

她是別人的，你也要勇敢。

我對妳膩了～

你……

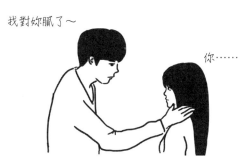

愚人節啦！

嗚嗚～你這個騙子、窮鬼！
沒有一點好的爛人！
整天只會打電動，還會幹！！
沒前途，跟你只會餓死～

寶貝，愚人節啦～

反擊的愚人節。

中秋賞月

最好是…

你平常都不認真聽我說話！

那裡不是！

月亮在哪裡？

啊啊啊啊啊啊啊！！！！！

（PS. 指月亮會被割耳朵！）

腦公怎麼？

代替月亮懲罰你。

聖誕節

交往前期

交往中期

聖誕節快樂！！

交往後期

不帶我出去過聖誕節～
禮物咧？！禮物咧？！

啪！

啪！

說好的聖誕節呢！

腦公你會不會覺得
假日每次都過得好快……

會耶！！

唉～

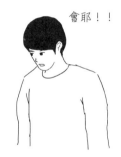

那是因為跟妳在一起，
時間再多都不夠啊！♥

熱戀時特別有感。

跨年倒數

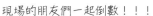

現場的朋友們一起倒數！！！
5・4・3・2・

YA！！　　　　唷呼～！！！

腦公 HAPPY NEW YEAR！ **1**　　腦婆新年快樂！！！

要轉台嗎？　　　　　　頭還有點暈～

今年應該也是這樣。

腦公新年第一個願望
你許什麼？

要賺很多錢養妳♥

討厭啦！！！♥

腦公養，太開心了♥

過年

要春節連假到了耶～～
可以出去玩囉！！！

過年不是出門玩？

人多又擠又塞，
訂不到位。

不要說找過年不帶妳出門。

過年還是在家就好了！

你家也一樣嗎？

149

可拖行李箱

可以付款結帳

可提包包重物

可以幫拍照

可保護妳

出國必備。

出國腦婆戰利品

出國腦公戰利品

好吃嗎？♥

出國怎麼能不帶戰利品回來。

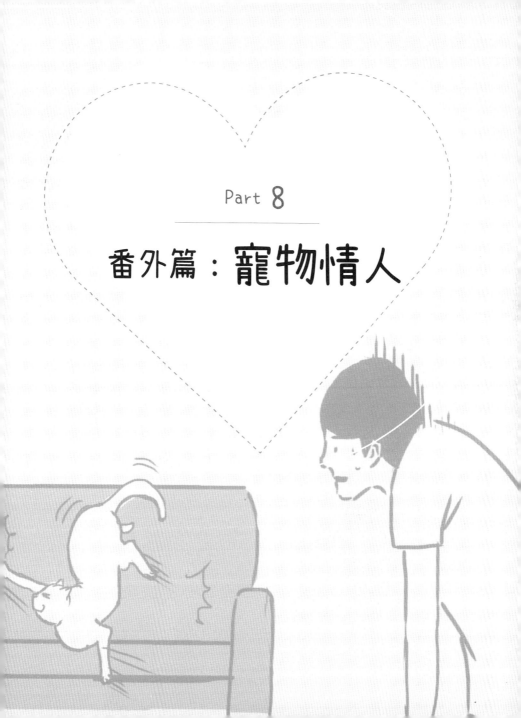

當愛寵做錯事

啊～寶貝這樣壞壞 ♥

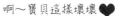

當腦公做錯事

啊啊啊啊啊啊！！！！！

你腦袋一定是壞了吧！！！！！

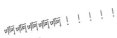

這是一個只愛寵物的世界。

呼喚

腦公叫妳時

寶貝！♥

幹嘛？

貓叫妳時

什麼事？
叫我幹嘛？♥

喵～

一樣都在叫，差那麼多。

有貓耶！

等等我們……

❤喵～
好可愛唷！❤
出來啦～～

貓奴們……

爭寵

把襪子套在手上！

你看～跟你一樣了 ♥

喵

喵

喵

你在幹嘛？

妳什麼時候出現？？！

裝可愛這種事，
還是交給女人跟貓就好啦！

157

你冷氣吹一整天了吧？

哪有我是開給貓吹的啦！

好吧！

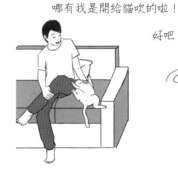

呼～沒事了！
但感覺哪裡怪怪的？！

奴才叩見主子！

謝主子救命之恩！

貓奴地位。

你抓壞任何可抓物

你…亂尿尿

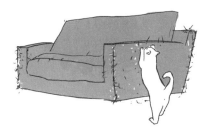

你打翻好多東西

你還對我家暴！！

喵～
（推開）

但還是好愛你 ♥

因為愛。

8-07 拍寵物

啊！你好可愛！！！

太可愛了！！

喀嚓

這樣也好可愛！！！

喀嚓

（朕在睡覺…）

無法阻止的貓奴行為。

寶貝，妳根本是貓奴啊！！！

好可愛唷
愛死你了 ♥

你貓砂清了沒？
陪他玩逗貓棒了沒？
幫他梳毛了沒？
飼料餵了沒？

啦啦啦啦啦～
我最愛清貓屎～～

原來我才是貓奴。

貓奴女友

跟你講過多少次了？
你今天抽幾包了？
為什麼沒餵貓？清貓砂？
今天在幹嘛？你愛不愛我？
跟你講過多少次了？
每次都忘記？
到底有沒有上進心啊？
有沒有想過我們未來？

講話啊……

喵～

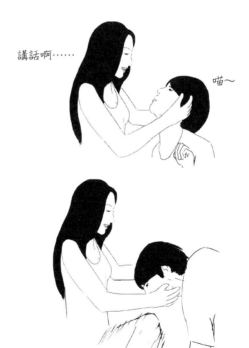

明明就回答了啊。

你有沒有愛媽咪？

你有沒有愛媽咪？
唱歌給你聽好不好？
寶貝好可愛唷～

你有沒有想媽咪？
怎麼吃得胖嘟嘟的？
好可愛唷～怎麼那麼愛睡覺？
這麼壞壞愛亂抓東西～
不可以這樣，知不知道？
呆呆的好可愛～在看哪？
好久沒洗澡惹～
你要去哪裡？不想抱抱唷！
寶貝，媽咪真的好愛你唷～
等等開罐頭給你吃～

這是我們都知道的事實。

8-11 喵 VS 汪

回家時家犬的反應

汪　　汪汪！

回家時家貓的反應

...

回家時貓奴的反應

啊～好可愛！
好想你唷～
你有沒有想我 ♥

回到家時。

放閃這條路，不能沒有你：螺絲一隻筆的戀愛日常

作　　　者／ROSE×螺絲一隻筆
美 術 編 輯／申朗創意
企畫選書人／廖可筠

總 編 輯／賈俊國
副 總 編 輯／蘇士尹
資 深 主 編／吳岱珍
編　　　輯／高懿萩
行 銷 企 畫／張莉滎・廖可筠・蕭羽猜

發 行 人／何飛鵬
出　　　版／布克文化出版事業部
　　　　　　台北市中山區民生東路二段 141 號 8 樓
　　　　　　電話：（02）2500-7008 傳真：（02）2502-7676
　　　　　　Email：sbooker.service@cite.com.tw
發　　　行／英屬蓋曼群島商家庭傳媒股份有限公司城邦分公司
　　　　　　台北市中山區民生東路二段 141 號 2 樓
　　　　　　書蟲客服服務專線：（02）2500-7718；2500-7719
　　　　　　24 小時傳真專線：（02）2500-1990；2500-1991
　　　　　　劃撥帳號：19863813；戶名：書蟲股份有限公司
　　　　　　讀者服務信箱：service@readingclub.com.tw
香港發行所／城邦（香港）出版集團有限公司
　　　　　　香港灣仔駱克道 193 號東超商業中心 1 樓
　　　　　　電話：+852-2508-6231　　傳真：+852-2578-9337
　　　　　　Email：hkcite@biznetvigator.com
馬新發行所／城邦（馬新）出版集團 Cité（M）Sdn. Bhd.
　　　　　　41, Jalan Radin Anum, Bandar Baru Sri Petaling,
　　　　　　57000 Kuala Lumpur, Malaysia
　　　　　　電話：+603- 9057-8822　　傳真：+603- 9057-6622
　　　　　　Email：cite@cite.com.my
印　　　刷／韋懋實業有限公司
初　　　版／2016 年（民 105）12 月
售　　　價／280 元
I S B N／978-986-93792-4-3

城邦讀書花園　布克文化
www.cite.com.tw　www.sbooker.com.tw

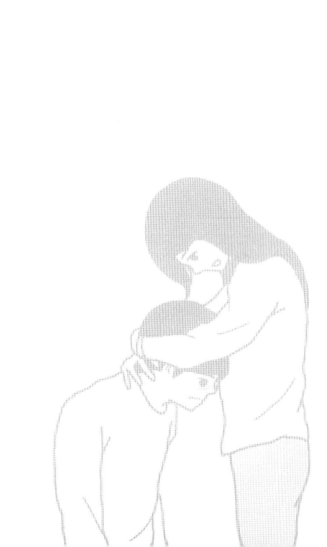